Fußball – Witze

Die große Witzesammlung für Fußballfans

von Felix Liebig

Vorwort

Dieses Buch eignet sich ideal für alle Sport- und Fußballfans, die das Lachen lieben und humorvoll sind.

Genießen Sie eine tolle Sammlung mit den beliebtesten Witzen zum Thema Fußball!

Ich wünsche Ihnen viel Spaß und Freude mit diesem Buch!

Ihr

Felix Liebig

"Haben sie drei Sekunden Zeit?" fragte ein Zuschauer den Schiedsrichter nach Spielschluss.
Dieser nickte zustimmend.
"Dann erzählen sie mir mal alles was sie über Fußball wissen!"

Wann wurde die Fußballmannschaft zum ersten Mal schriftlich erwähnt?
Im Alten Testament. Da heißt es: "Sie trugen seltsame Gewänder und irrten planlos umher."

Was ist der brutalste Sport der Welt?
Fußball. Da wird geköpft und geschossen!

Auch Fußbälle können sich verletzen. Noch nie was vom Fußballverband gehört?

Wie hoch ist der Marktwert der deutschen Fußballnationalmannschaft?
Knapp 2 Euro - 11mal Flaschenpfand.

"Und ihr Fachgebiet ist Fußball?", fragt der Showmaster.
"Ja", antwortet der Kandidat.
"Bravo, da habe ich eine Frage für sie. Wie viele Maschen hat ein Tornetz?"

Sohn: "Papa, wieso gibt es so wenig Frauenfußball?"
Papa: "Finde mal 11 Frauen, die das gleiche anziehen wollen!"

Der Mannschaftsarzt zum Thema Doping im Fußball:
"Doping im Fußball bringt nichts. Das Zeug muss in die Spieler!"

Eine Fußballmannschaft fliegt nach Amerika. Aus Langeweile beginnen die Burschen, in der Maschine mit dem Leder zu spielen. Der Pilot kann die Maschine kaum noch halten und schickt den Funker nach hinten. Nach zwei Minuten ist absolute Ruhe.
"Wie hast Du denn das gemacht?"
"Na ja", meint er "Ich habe gesagt: Jungs, es ist schönes Wetter draußen, spielt doch vor der Tür!"

Wie setzt sich die ideale Fußballmannschaft zusammen?

In den Sturm kommen Juden, denn die dürfen nicht verfolgt werden. Ins Mittelfeld kommen Schwarze, Chinesen und Araber, denn die machen das Spiel bunt. In die Verteidigung kommen Schwule, denn die sorgen für Druck von hinten.

Und ins Tor kommt eine 50-jährige Nonne, denn die hat schon seit 30 Jahren keinen mehr reingelassen.

Der Erzengel Gabriel erscheint einem berühmten Fußballspieler und sagt: "Ich habe eine gute und eine schlechte Nachricht für dich. Zuerst die gute: Du bist auserwählt, nach deinem Ableben in der himmlischen Fußballmannschaft zu spielen. Die schlechte: Du bist schon für nächstes Wochenende aufgestellt!"

Lehrer: "Nenne mir bitte drei berühmte Männer mit dem Anfangsbuchstaben B!"
Schüler: "Beckenbauer, Breitner, Basler."
Lehrer: "Hast du noch nie was von Bach, Brahms oder Beethoven gehört?"
Schüler: "Nee, Regionalliga interessiert mich nicht."

Quizmaster: "Wer schoss 1974 bei der Weltmeisterschaft im Endspiel gegen Holland das 2:1 für Deutschland?"
Kandidat: "Gerd Müller."
Quizmaster: "Richtig! Wie viele Zuschauer waren da?"
Kandidat: "Sechsundsiebzigtausend."
Quizmaster: "Richtig! Wenn sie jetzt auch noch die dritte Frage beantworten, gehört ihnen das Auto. Wie heißen die Zuschauer?"

Der Teufel besucht Petrus und fragt ihn, ob man mal ein Fußballspiel Himmel gegen Hölle planen sollte.
Petrus hat dafür ein Lächeln übrig: "Glaubst du, ihr habt auch nur die geringste Chance? Alle guten Fußballspieler kommen in den Himmel: Pele, Beckenbauer, Müller, Maradonna, Ronaldo, Ballack,..."

Der Teufel lächelt zurück: "Aber wir haben die Schiedsrichter!"

Wieso lachen Zwerge beim Fußballspielen?
Weil die Grashalme an den Eiern kitzeln.

Der Sohn des Fußballstars bringt stolz sein Zeugnis nach Hause: "Papa, mein Vertrag mit der dritten Klasse wurde erfolgreich verlängert!"

Paul hat sich beim Fußball spielen den Fuß gebrochen. Nach ca. 4 Wochen meldet er sich beim Chef wieder zurück.

"Ja, wie geht's denn, Paul, ist der Fuß wieder in Ordnung?"

"Alles in bester Ordnung, Chef!" strahlt Paul.

"Ich kann jetzt besser gehen als je zuvor!"

"Das freut mich für dich. Was dir jetzt noch fehlt, ist eine anständige Gehirnerschütterung!"

Wer war die erste Fußballmannschaft?

Jesus und seine Jünger. Denn in der Bibel steht: "Jesus stand im Tor von Nazareth und seine Jünger standen abseits."

Ein Fußballnationalspieler wird gefragt, was er an diesem Sport so schön fände.

"Das Spielen ist schön, das Geld ist auch gut, aber am meisten Spass macht es mir, mich vor 20 Millionen Zuschauern am Sack zu kratzen ..."

Meier war in Brasilien in Urlaub.
Nach seiner Rückkehr fragt ihn der Chef: "Und Herr Meier, wie war's denn in Rio?"
"Ach wissen Sie, eigentlich leben in Brasilien nur Nutten und Fußballspieler!"
Darauf der Chef: "Habe ich Ihnen eigentlich schon erzählt, dass meine Frau Brasilianerin ist?"
"Oh, bei welchem Verein spielt sie denn?"

Wie stellt sich ein Mann ein romantisches Abendessen vor?
Fußball gucken bei Kerzenschein.

Der Platzordner sieht nach Ende des Fußballspiels einen Jungen über den Zaun klettern und brüllt: "Kannst du nicht da rausgehen wo du reingekommen bist?"

Der Junge: "Tu ich doch ..."

Andy Möller wird gefoult. Er macht einen hohen Flug, setzt zur Landung an, rollt sich dreimal über den Boden, hält sich sein Bein fest und schreit laut auf. Meint Huub Stevens zu seinem Co-Trainer:
"Soll ich jetzt ´nen Arzt oder ´nen Theaterkritiker rufen?"

Ein Irrer sitzt vor der Waschmaschine und starrt ins Glas.

Ein zweiter kommt vorbei: "Und, zeigen Sie schon das Fußballspiel?"

"Nein, es verzögert sich. Im Augenblick wird noch gezeigt, wie die Trikots der Spieler gewaschen werden."

Was macht ein Holländer, nachdem sein Land die Fußballweltmeisterschaft gewonnen hat?

Er macht die PlayStation aus und geht ins Bett!

Trainer zum Stürmer: "Du spielst heute gegen Heinz Hartholz."

"Das ist ja schrecklich. Der tritt gegen alles, was sich bewegt!"

"Darauf der Trainer: "Dann besteht für dich ja keine Gefahr!"

Der Fußballer fragt den Schiedsrichter: "Wie heißt denn ihr Hund?"

"Ich habe keinen Hund ..."

"Oh, das tut mir aber leid. Blind - und keinen Hund."

Eine Frau steht deprimiert in der Parfümerie und sagt zur Verkäuferin: "Geben Sie mir bitte etwas, dass nach Fußball riecht."

"Stell dir vor", erzählt ein Schotte seinem Kumpel, "gestern ist doch tatsächlich unser Fußballclub aufgelöst worden, dabei besteht er nun seit fast 30 Jahren."

"Wieso, gab es Ärger?", will der andere wissen.

"Eigentlich nicht. Wir haben nur unseren Ball verloren."

"Herr Doktor, mir wird ständig gelb und rot vor Augen", klagt der Fußballer.

Darauf der Arzt: "Vielleicht sollten Sie mal den Schiedsrichter wechseln!"

Nach dem 0:5 schimpft der Trainer mit seinem Star-Stürmer: "Wann kriege ich endlich was Ordentliches von Ihnen zu sehen?"

"Heute Abend im Werbefernsehen - da stelle ich den neuen Fruchtjoghurt vor!"

Wie lange dauert ein Fußballspiel zwischen Kolumbien und Jamaica?

Keine Minute, da die Kolumbianer die Linien schnupfen und die Jamaikaner das Gras rauchen.

Deutschland spielt bei der EM gegen Holland. Jogi Löw und seine Spieler unterhalten sich vor dem Match in der Umkleidekabine: "Hört zu Jungs, ich weiß, die Holländer sind schlecht.", erklärt Löw. "Aber wir müssen gegen sie spielen, um die UEFA glücklich zu machen."

"Ich mach´ euch einen Vorschlag", sagt Oliver Kahn. "Ihr geht alle in ´ne Bar und ich spiele allein gegen sie. Was meint ihr dazu?" "Klingt vernünftig!", antworten der Teamchef und die anderen Spieler und gehen in eine Kneipe auf ein Bier und spielen Billard.

Nach gut einer Stunde erinnert sich Michael Ballack, dass ja das Spiel läuft und schaltet den Fernseher an: Deutschland 1 (Kahn 10. Min.) - Holland 0 zeigt die Anzeigetafel. Zufrieden widmen sie sich wieder ihrem Billardspiel und dem Bier für eine weitere Stunde, bevor sie sich das Endresultat betrachten. Die Anzeigetafel zeigt: Deutschland 1 (Kahn 10. Min.) - Holland 1 (Davids 89. Min.)

Was is die optimale Größe für einen Schiedsrichter?

25 cm - immer auf Ballhöhe!

Wie heißt der chinesischer Torwart?

Hetch Ham Ken.

Wie heißen die Fußballschuhe von Jesus?

Christstollen.

Ein Fußballspieler wurde vom Tierschutzverein angezeigt.

Er stand 90 Minuten lang auf demselben Regenwurm.

Was heißt BVB?

1) Bin Völlig Blöde.

2) Behinderte Versuchen Ballspiele.

Die Frauenbeauftragte des Deutschen Bundestages schickt ein Rundschreiben an alle Fußball-Bundesligavereine mit der Bitte, das heimische Stadion doch endlich mal nach einer Frau zu benennen.

Der einzige Verein, der sich meldet, ist Schalke 04. Der Schalker Präsident teilt der Dame am Telefon stolz mit, dass er sich entschlossen habe, ihrem Wunsch nachzukommen.

Hocherfreut fragt sie: "Wie soll das Stadion denn jetzt heißen?"

"Ernst-Kuzorra-seine-Frau-ihr-Stadion!"

Ein Junge steht im Sportgeschäft vor dem Regal mit den Fußbällen.

Die Verkäuferin: "Soll ich dir einen runter holen?"

Junge: "Wenn ich danach einen Ball bekomme!"

Warum fährt der Vereinsbus von Borussia Mönchengladbach über jede rote Ampel?
Damit sie wenigsten in Flensburg ein paar Punkte bekommen!

In die Siegesfeier des Fußballvereins platzt der Masseur mit der Nachricht: "Unser Mittelstürmer ist soeben Vater von Zwillingen geworden."
Der Mannschaftskapitän ruft stolz aus: "Donnerwetter! Da ist ihm ja ein schöner Doppelpass gelungen."
In diesem Augenblick kommt der Trainer in die Kabine:" Moment! Vergessen wir nicht die exzellente Vorarbeit von unserem Libero!"

Es regnet in Strömen. Der Fußballplatz ist total überschwemmt. Trotzdem soll das Spiel stattfinden.
Vor dem Anpfiff fragt der Kapitän seine Mannschaft: "Sollen wir erst mit der Strömung spielen oder dagegen?"

Mario Basler humpelt vom Fußballplatz. Besorgt kommt ihm der Trainer entgegen und fragt: "Schlimm verletzt?"

Basler: "Nein, mein Bein ist nur eingeschlafen!"

Was ist der Unterschied zwischen einem Fußgänger und einem Fußballer?

Der Fußgänger geht bei grün, der Fußballer geht bei rot.

Was verstehen Männer unter Romantik?
Ein Fußballstadion mit Kerzenlicht

Was ist der Unterschied zwischen einem Marienkäfer und Energie Cottbus?

Der Marienkäfer hat mehr Punkte.

Was sagt Ottmar Hitzfeld, wenn Oliver Kahn aufs Spielfeld rennt?
"Keine Angst, der will nur spielen!"

Die Lehrerin in Gelsenkirchen will sich in ihrer neuen Klasse beliebt machen und erzählt am ersten Schultag, dass sie Schalke-Fan ist. Als sie fragt, wer ebenfalls Schalke-Fan sei, melden sich alle Schüler. Nur ein kleines Mädchen meldet sich nicht.

"Warum meldest du dich denn nicht?" fragt die Lehrerin.

"Weil ich kein Schalke-Fan bin." sagt die Kleine.

"So, und zu welchen Verein hältst du dann?"

"Ich bin BVB-Fan - und ich bin stolz darauf!" antwortet das Mädchen.

"BVB? Um Himmels Willen, warum denn Borussia Dortmund?" will die Lehrerin wissen.

"Mein Papa kommt von dort und meine Mami auch. Und die sind beide BVB-Fans, also bin ich auch BVB-Fan!"

"Aber mein Kind" versucht die Lehrerin zu erklären, "man muss doch nicht alles seinen Eltern nachmachen. Stell dir vor, deine Mutter wäre Prostituierte und dein Vater Rauschgifthändler oder Autoknacker ... was dann?"

"Ja dann wäre ich wohl auch Schalke-Fan ..."

Bayer Leverkusen hat eine neue Elektrowaage mit Computer.

Ulf Kirsten steht als Erster drauf. Die Waage: "75 Kilo, optimal."
Dann Carsten Ramelow: "Drei Kilo zu leicht."

Schließlich will auch Manager Reiner Calmund das gute neue Stück ausprobieren.
Die Waage: "Bitte nicht in Gruppen auf die Waage stellen!"

Beim Anflug auf Frankfurt entdecken die Spieler von Bayern eine Gruppe Radfahrer.
"Oh schaut", sagt Matthäus, "da ist ein Radrennen."
Winkt Mehmet Scholl ab: "Unsinn, das ist die Eintracht, die fahren zum Auswärtsspiel."

Der durchschnittliche Deutsche hat im Jahr 2002 142 mal Sex gehabt. Der durchschnittliche Holländer 167 mal. Ist ja auch klar:
Die Holländer brauchten 2002 ja keinen Fußball sehen.

Ein Gladbach-Fan geht in eine Kneipe, legt seinen Fan-Schal auf den Tresen und bestellt ein Bier. Erst jetzt bemerkt er, dass er in eine Fan-Kneipe des 1. FC Köln geraten ist. Er will unauffällig wieder verschwinden, steht langsam auf und greift nach seinem Schal. Da packt der Wirt ihn am Arm und sagt: "Moment. Wer hier wieder raus will, muss vorher das Würfelspiel machen."

"Okay, und wie geht das," fragt der Gladbacher eingeschüchtert, während sich mehrere Kölner um ihn versammeln.

Der Wirt erklärt: "Wenn du eine 1, 2, 3, 4 oder 5 würfelst, kriegst du eine aufs Maul."

"Und was passiert, wenn ich eine 6 würfele?"

Der Wirt grinst: "Dann darfst du nochmal würfeln."

Neuverpflichtung beim FC Bayern:
"Sie sind so engagiert. Mit ihrer breiten Brust sind sie genau der Richtige für unser Team."
"Ist es nicht wichtig, dass ich auch gut spielen kann?"
"Nein - Hauptsache, die Werbefläche ist groß genug!"

Mario Basler ist endlich solide geworden und feiert Kindstaufe in der Münchner Frauenkirche. Alle seine Kollegen sind da, Politiker, Press, Funk, Fernsehen.

Das macht den Priester nervös. Als er den Täufling gerade übers Becken halten will, rutscht ihm das Kind aus den Händen. Die Taufgäste halten erschrocken die Luft an.

Da hechtet Oliver Kahn aus der ersten Reihe nach vorn und hält das Baby 2 cm über dem Boden tatsächlich noch auf! Nach einer Schrecksekunde bricht die Menge in johlenden Applaus aus.

Ollie grinst, winkt, tippt zweimal auf und schlägt dann ab ...

Was macht ein Leprakranker auf dem Fußballfeld?

1) Er fault!

2) Er lässt ein Bein stehen!

Wer ist Sponsor der Frauenfußball-WM?

Schlecker.

An einer Bushaltestelle steht ein Fußballspieler und wartet auf den nächsten Bus. Um sich seine Zeit zu vertreiben übt er Dribbelschritte.

Eine ältere Frau kommt auf ihn zu, fasst ihn bei der Hand und sagt: "Junger Mann, bleiben Sie ganz ruhig, ich zeige Ihnen, wo die Toilette ist."

„Was ist der Unterschied zwischen Borussia Dortmund und Karstadt?
Beide sind Pleite. Aber Karstadt hat die bessere Sportabteilung.

„Basler, Lothar und Effe sitzen im Flugzeug, als der Pilot kommt und sagt, dass sie abstürzen, er aber nur 3 Fallschirme hätte. Der Pilot schnappt sich einen und sagt: "Ich habe Frau und Kinder" und springt los.
Darauf Mario: "Ich bin der beste und klügste Fußballer der Welt!", schnappt sich den zweiten und springt.
Lothar sagt zu Effe: "Ich bin alt und du noch jung, nimm du den letzten Fallschirm!"

Daraufhin Effe: "Bleib ruhig! Der klügste Fußballer der Welt ist gerade mit dem Schlafsack verschwunden!"

Ein Argentinier, ein Italiener und ein Deutscher stehen vor Gott.

Da sagt Gott: "Jeder von euch bekommt 50 Peitschenhiebe, aber jeder von euch hat einen Wunsch frei!"

Als erster der Argentinier: "Ich wünsche mir ein Kissen auf den Rücken." Nach 25 Schlägen, ist das Kissen durch und der Argentinier schreit.

Der Italiener: "Ich, wünsche mir zwei Kissen auf dem Rücken." Und hat Glück!

Dann der Deutsche. Gott sagt zu ihm: "Ihr habt so einen schönen Fußball gespielt, du hast zwei Wünsche frei."

"Ich wünsche mir 100 Peitschenhiebe!"

"O. K." sagt Gott, "versteh ich zwar nicht aber ist O. K!"

"Und dein zweiter Wunsch?"

"Binde mir den Italiener auf den Rücken!"

Michael Ballack, Ruud van Nistelrooy und Thierry Henry sitzen vor dem Kreißsaal.

Der Doktor kommt raus und sagt: "Ich habe eine gute und eine schlechte Nachricht für sie. Die Gute: Sie sind alle drei glückliche Väter. Die Schlechte ist allerdings: Wir haben leider die Babys vertauscht."

Michael Ballack rennt los und greift sich das schwarze Baby.

Daraufhin meint Henry: "Michael, meinst du nicht, dass das eher mein Kind ist?"

Ballack: "Ist mir egal, Hauptsache nicht den Holländer!"

Kurt darf über Nacht bei Oma Lotti bleiben. Abends muss er ins Bett. „Du musst Dich vorher noch waschen!“ sagt Oma. „Muss ich nicht“ lehnt Kurt ab. „Aber Kurt, sieh mich an, ich habe mich mein Leben lang vor dem Zubettgehen immer gewaschen!“ „Und deshalb Oma“ sagt Kurt, „ deshalb hast Du auch die vielen Runzeln und Falten!“

"Ach, ich liebe sportliche Frauen", sagt der Scheich. "Erst kürzlich habe ich eine Damenfußballmannschaft geheiratet."

Oliver Kahn fragt Stefan Effenberg: "Du, Stefan, wo liegt eigentlich Afrika?"
Effe antwortet: "Weiß ich nich genau, aber weit kanns nicht sein, der Kuffour kommt jeden Morgen mit dem Fahrrad zum Training.

Welches ist die kleinste Brauerei Deutschlands?
Das Nationalteam, die haben 11 Flaschen.

"Scheiße!" schreien alle Spieler und rennen entsetzt ins Stadion zurück, wo sie Oliver Kahn in der Kabine sitzen sehen, das Gesicht in den Händen vergraben. "Was zum Teufel ist passiert, Olli?" schreit Rudi Völler. "Sorry Freunde", antwortet Kahn "aber dieser verdammte Schiedsrichter hat mich in der 11. Minute vom Platz gestellt!"

Clemens Tönnies kommt in den Himmel und wird vom lieben Gott empfangen.

"Guten Tag Herr Tönnies. Schön Sie kennenzulernen. Ich habe schon viel über Ihre Verdienste für den FC Schalke 04 gehört. Als Anerkennung möchte ich Ihnen ein kleines Geschenk machen."

Es kommt eine kleine Wolke herangeschwebt. Auf der steht ein kleines hübsches Häuschen. Blau-weiß gestrichen, mit einem hübschen Vorgarten mit blau-weißem Lattenzaun und auf dem Dach weht eine blau-weiße Fahne.

Tönnies gefällt das Haus. Er ist zufrieden. Aber als er sich umdreht, schwebt dicht über ihm eine riesengroße Wolke. Auf der steht ein schwarz-gelber Palast mit dorischen Säulen und einem schwarz-gelb gepflasterten Atrium. In der Mitte weht eine riesengroße BVB-Fahne und aus Lautsprechern schallt es ... Booooooorruuuuussiaaaa ... Schwarz-gelb gekleidete Bedienstete erfüllen wortlos jeden Wunsch.

Jürgen Klinsmann kommt im Himmel.
Gott zu Klinsmann: "In Anbetracht Ihrer großen Verdienste um den FC Bayern kriegen Sie hier Ihr eigenes Häuschen. Und glauben Sie mir, das kriegt hier nicht jeder!"

Gott nimmt Klinsmann an die Hand und führt ihn vor einen kleinen Flachdachbungalow. Eine kleine FC-Bayern-Fahne weht im Vorgärtchen.
Klinsmann denkt sich: "Nett", dreht sich um ... und traut seinen Augen nicht.

Auf der nächsten Wolke über ihm steht eine riesige Villa. Sie ist rot weiß gestrichen und über und über mit FC-Symbolen, -Graffiti, -Fahnen und Transparenten übersät, große FC-Wappen aus Marmor zieren den Garten. Aus riesigen Lautsprechern dröhnt die FC Hymne zu ihm herab. In FC Trikots gewandetes Hauspersonal erfüllt alle Wünsche.

Klinsmann ist schwer brüskiert: "Was ist das denn? Wem gehört denn der Palast da?"

Gott dreht sich um und schaut Klinsmann tief in die Augen: "Mein Sohn, das ist MEINS!"

Was ist der Unterschied zwischen einem Bankräuber und einem Fußballstar?
Der Bankräuber sagt: "Geld her, oder ich schieße!"
Der Fußballstar hingegen: "Geld her, oder ich schieße nicht!"

Pokalspiel gegen Dortmund, der Sportpark ist ausverkauft, nur ein Sitzplatz auf der Tribüne bleibt leer. Der Besitzer der Karte erlaubt einem Zuschauer, der nur eine Stehplatzkarte ergattern konnte, sich zu setzen.

"Wissen Sie", erklärt er, "die Karte habe ich für meine Frau gekauft, aber die ist vor drei Tagen plötzlich gestorben."

"Hätten Sie die Karte denn nicht an Freunde oder Verwandte verkaufen oder verschenken können?"

"Das ging leider nicht, die sind doch gerade alle auf der Beerdigung."

"Ach, ich liebe sportliche Frauen", sagt der Scheich.

"Erst kürzlich habe ich eine Damenfußballmannschaft geheiratet."

An der Grenze: Der Grenzbeamte sagt zu Andy Möller: "Zeigen Sie mir doch mal Ihren Pass!" Daraufhin antwortet Möller: "Ja gerne, haben Sie einen Ball?"

"Magst du Frauenfußball?"
"Frauenfußball? Nee. Das ist nichts für mich."
"Wirklich?"
"Wirklich! Ich gucke Männern doch auch nicht beim Stricken zu."

In einem Cafe sieht ein junger Mann am Nebentisch ein süßes Mädchen sitzen, das er sogleich mit Papierkügelchen beschießt. Wenn er trifft, ruft er "Tor" und zählt "1 zu 0". Bei "5 zu 0" wird es der Süßen zu bunt, sie wirft den jungen Mann ihre Streichholzschachtel vor den Bauch und ruft:

"5 zu 1". "Nee, nee" meint dieser, "das war Latte!"

Eine holländische Familie geht einkaufen.

Während sie im Sportgeschäft sind, nimmt sich der Sohn ein Deutschland T-Shirt und sagt zu seiner Schwester: "Ich habe mich entschieden, dass ich Deutschland-Fan werde und möchte dieses T-Shirt zum Geburtstag." Die große Schwester reagiert wütend und gibt ihm eine Ohrfeige: "Bist du bescheuert, geh und rede mit Mutter darüber."

Also geht der kleine Junge mit dem Deutschland T-Shirt zur Mutter und sagt: "Ich habe mich entschieden, dass ich Deutschland-Fan werde und möchte dieses T-Shirt zum Geburtstag." Die Mutter reagiert entsetzt und gibt ihm 2 Ohrfeigen: "Hast du sie noch alle, geh und rede mit Vater darüber."

So geht der Junge zum Vater und sagt: "Ich habe mich entschieden, dass ich Deutschland-Fan werde und möchte dieses T-Shirt zum Geburtstag." Der Vater dreht komplett durch und haut den Jungen an Ort und Stelle windelweich: "Kein Sohn von mir wird je in so einem T-Shirt herumlaufen!"

Ungefähr eine halbe Stunde später sitzt die ganze Familie wieder im Auto und macht sich auf den Heimweg. Der Vater dreht sich zum Sohn um und sagt: "Sohn, ich hoffe du hast heute etwas gelernt."

"Ja Vater, das habe ich."
"Gut Sohn, und das wäre?"
Der Sohn antwortet: "Ich bin erst seit einer Stunde Deutschland-Fan und schon finde ich die Holländer zum kotzen!"

Stehen 22 Liliputaner in der Kneipe.
Kommt jemand rein und fragt: "Was 'n los? Ist der Kicker kaputt?"

Warum darf man Darius Wosz und Thomas Häßler nicht gemeinsam in ein Hotelzimmer stecken?
Einer sollte die Tür schon öffnen können!

Zwei Männer spielen Monopoly.
"Schach!" sagt der eine und legt einen Kreuz-Buben auf den Tisch.
"Moment mal", sagt der andere, "seit wann gibt es denn beim Halma Elfmeter?"

Tönnies ist brüskiert. "Wieso kriegt der Watzke denn so ein Haus? Was hat der denn geleistet, was solch ein Haus rechtfertigen würde?"

Da blickt der liebe Gott dem Tönnies ganz tief in die Augen und sagt: "Nicht aufregen Herr Tönnies. Immer mit der Ruhe. Das ist nicht das Haus von Hans-Joachim Watzke. Das ist mein Haus!"

Eine Frau fährt mit dem Fahrrad durch die Stadt. Auf dem Gepäckträger hat sie zwei Säcke. Der eine Sack hat ein Loch, aus dem fallen dauernd Zweieurostücke raus. Da überholt sie die Polizei und stoppt sie.

"Sie verlieren laufend Zweieurostücke!" Sagt der eine Polizist zur ihr.

Die Frau erschrickt. "Da muss ich schnell den ganzen Weg zurückfahren und die Dinger einsammeln" sagt sie.

"Moment mal", wendet sich der andere Polizist ein, "Woher haben Sie das Geld eigentlich? Irgendwo geklaut?"

"Nee!", sagt die Frau, "wissen Sie, ich habe einen Schrebergarten, direkt neben dem Fußballstadion. Die Leute kommen immer und pinkeln in meinen Garten. Da habe ich mich eben mal mit der Heckenschere hingestellt und gesagt:"Entweder zwei Euro, oder ab ist er".

Die Polizisten lachen: "Gute Idee!", sagt der eine "Aber was ist denn in dem anderen Sack?"

"Naja", sagt die Frau." Es bezahlen nicht alle ..."

Streiten sich ein Elektriker, ein Fußballer und ein Gärtner, wessen Beruf der Älteste sei.

Sagt der Fußballer: "Mein Beruf ist der Älteste! Die Ägypter haben bereits vor den Pyramiden Fußball gespielt."

Erwidert der Gärtner: "Wir Gärtner haben bereits den Garten von Eden gepflanzt."

Schreit der Elektriker, mittlerweile rot vor Wut, weil er die ganze Diskussion für Zeitverschwendung hält: "Die Elektriker haben den ältesten Beruf, weil als Gott sprach es werde Licht haben wir davor die Leitungen verlegt."

Icke Häßler kommt mit 'nem Veilchen nach Hause. Fragt seine Frau: "Was hast denn du angestellt?"

"Es hat angefangen zu regnen und da hab' ich mich unter einen Pilz gestellt."

"Aber davon kriegt man doch kein Veilchen!"

"Doch! Denn dann sind die Schlümpfe gekommen und haben mich verhauen!"

Was haben Lady Diana und Toni Polster gemeinsam?

Beide treffen nur den Pfosten!

"Vorsicht - Glatt! Ich habe gerade das Wohnzimmer frisch gebohnert!", sagte die Mutter, als Fritzchen vom Sport nach Hause kam.

"Keine Angst, Mutti, ich hab ja noch meine Spikes an!"

Ein Amerikaner, ein Deutscher und ein Araber unterhalten sich bei einem Getränk.

Amerikaner: "Ich habe 4 Söhne, noch einen und ich habe eine Basketballmannschaft!"

Deutscher: "Ich habe 10 Söhne, noch einen und ich habe ne Fußballmannschaft!"

Araber: "Ich habe 17 Frauen, noch eine und ich habe einen Golfplatz!"

Ein Mann kommt ganz traurig in die Kneipe und sagt: "2:1 verloren!" - "2:1 verloren?" fragt der Wirt. "Ja, meine Frau wollte 2 Mal, ich konnte aber nur einmal!" Der Wirt: "Das kann doch jedem mal passieren!"

Eine Woche später kommt der Mann freudestrahlend wieder in die Kneipe und meint zum Wirt: "3:1 gewonnen!" Der Wirt: "Wow, wie hast du das denn jetzt gemacht?"

Der Mann: "Tja, heute habe ich ein Auswärtsspiel gehabt!"

Gerhard spricht den Ball an, holt weit aus, aber etwas läuft schief. Der Ball fliegt in einem mächtigen Slice nach rechts. Er landet am benachbarten Fairway und trifft einen Mann, der zu Boden fällt. Gerhard und sein Partner laufen zu dem Spieler, der bewusstlos am Boden liegt. Zwischen seinen Beinen liegt Gerhards Ball.

"Großer Gott", sagt Gerhard, "was soll ich tun?"

"Beweg ihn nicht", rät ihm sein Partner, "wenn wir ihn hier liegen lassen, wird er zum unbeweglichen Hemmnis, und du kannst den Ball straffrei droppen."

Wieso können die Deutschen nach dem Ausscheiden bei der WM 2018 in Russland nicht mehr in den Urlaub fahren? Weil alle Liegen am Pool bereits mit den Handtüchern der Italiener, Holländer und Ungarn belegt sind.

Ein Holländer in der Bibliothek: Haben die das Buch Holland ist Europameister. Die Bibliothekarin antwortet: Es tut mir leid, Science-Fiction Literatur führen wir nicht.

Ein Fußball Spieler beim Arzt: Herr Doktor, mir wird ständig gelb und rot vor Augen. Doktor: Wechseln Sie mal den Schiedsrichter.

Wo ist der Unterschied zwischen einem deutschen Bier und holländischen Elfmetern? Ein deutsches Bier geht immer rein.

Wie lange dauert ein Fußball-Spiel zwischen Holland und Kolumbien? Nur eine Minute, sie Kolumbianer schnupfen die Linien weg und die Holländer rauchen das Gras auf.

Der durchschnittliche Deutsche hatte im Jahr 2016 121 mal Sex. Der durchschnittliche Holländer 143 mal. Ist doch klar, die Holländer müssen die EM nicht ansehen.

Am Samstagnachmittag auf dem Fußballplatz. Meint der Mittelstürmer zu seinem Teamkameraden: Wenn wir hier schon nicht gewinnen können, dann treten wir ihnen wenigstens den Platz kaputt.

Der Trainer nach einer hohen Niederlage bei der EM: Ihr solltet spielen wie noch nie und nicht, als ob ihr noch nie gespielt habt.

Ein Nationalspieler prahlt bei seiner Frau nach dem EM Spiel: Heute habe ich zwei Tore geschossen. Seine Frau fragt: Wie ging des Spiel aus? Er antwortet: 1:1.

Was hat Ottmar Hitzfeld immer gesagt, wenn Oliver Kahn auf den Platz gerannt ist? Der tut nichts, der will nur spielen.

Sagt ein Öl-Scheich: Ich habe eine Vorliebe für sportliche Frauen, letztens habe ich eine Damen-Fußballmannschaft geheiratet.

Fritzchen muss einen Aufsatz über Fußball schreiben. Er schreibt: Der Platz war leider nicht bespielbar.

Was sind elf Nationalspieler hintereinander? Ein Flaschenzug.

Was ist der Unterschied zwischen Holland und Deutschland? Die Holländer haben die netteren Nachbarn.

Bärbel schenkt Oma ein Lutschbonbon. “Schmeckt’s dir, Oma?” “Ja, mein Kleines!” “Dann versteh’ ich nicht, warum es der Bello vorhin ausgespuckt hat.”

Haben Sie fünf Sekunden Zeit? fragt ein Zuschauer den Schiedsrichter nach Spielende. Dieser nickt zustimmend. Dann erzählen Sie mal alles, was Sie über Fußball wissen.

Was ist der brutalste Sport der Welt? Fußball, da wird geköpft und geschossen.

Was ist eine Blondine auf dem Fußballfeld? Ein Freistoß.

Trainer: Die Fußballer sind mittlerweile viel fairer als früher. Nach dem Spiel gehen sie die Gegenspieler auch mal im Krankenhaus besuchen.

Was ist der Angstgegner der deutschen Nationalmannschaft? Der Ball.

Berti Vogts nach dem Viertelfinale der EM: Wir wollten ein Vorbild für alle Fans sein, wir schlagen niemanden mehr.

Warum haben Holländer so große Ohren? Weil sie schon als Kind von ihrem Vater an den Ohre hochgehoben wurden und gesagt wurde: Schau, da drüben wohnt der Welt- und Europameister.

Was passiert, wenn ein Holländer zum dritten Mal durch die Führerscheinprüfung fällt? Er bekommt ein gelbes Nummernschild.

Wie hoch ist der Marktwert der niederländischen Fußball-Nationalmannschaft? 88 Cent. 11 x 8 Cent Flaschenpfand.

Der Teufel geht zu Petrus und fragt: „Mir ist so langweilig, wollen wir ein Fußballspiel veranstalten, Himmel gegen Hölle?“ „Okay“, sagt Petrus, „aber du weißt hoffentlich: Wir haben hier im Himmel alle guten Fußballspieler!“ Da grinst der Teufel: „Macht nichts, wir haben alle Schiedsrichter!“

Egal wie neu du bist Manuel ist Neuer.

Was macht ein Holländer, nachdem sein Land die Fußballweltmeisterschaft gewonnen hat?

Er macht die PS4 aus und geht ins Bett!

Krault der Jogi nicht am Hoden ist die Deutsche Elf am Boden.

Jogi Löw will gerade das Haus verlassen als seine Frau ihm hinterher ruft: "Unser Nachbar gibt seiner Frau immer einen Abschiedskuss bevor er zur Arbeit fährt. Warum tust du das nicht auch?" Löw ist etwas verlegen: "Aber so gut kenne ich seine Frau doch gar nicht."

Das Spiel ist furchtbar langweilig. "Schau mal", sagt ein Zuschauer zum anderen. "Der Trainer der anderen Manschaft ist eingeschlafen." "Aha, aber das ist noch lange kein Grund mich aufzuwecken!"

"Meinen Sie denn meine Kurzsichtigkeit könnte meiner Karriere schaden?" fragt der Fußballspieler. "Ach was", erwidert der Augenarzt. "Sie können doch immer noch Schiedsrichter werden."

"Du kommst diese Woche schon zum fünften Mal zu spät zum Training! Du weiß was das bedeutet?!" mahnt der Trainer. "Ja", antwortet der Spieler, "dass heute Freitag sein muss!"

"Du kommst diese Woche schon zum fünften Mal zu spät zum Training! Du weiß was das bedeutet?!" mahnt der Trainer. "Ja", antwortet der Spieler, "dass heute Freitag sein muss!"

Was haben Fußballer und Babys gemeinsam? Sie denken mit Schreien alles erreichen zu können!

Der Trainer unterbricht den Fernsehkommentator, "können Sie nicht ein bisschen langsamer reden? Meine Spieler können gar nicht so schnell laufen wie Sie sprechen!"

Ein Werder Fan geht zum Ticketschalter und legt einen 100 Euro Schein auf den Tisch. Darauf die Verkäuferin: "Wollen Sie ein Ticket oder einen Spieler kaufen?"

Robert Lewandowski kommt humpelnd zum Arzt. "Na haben Sie sich beim Training verletzt?" "Nein, mir ist mein Gehaltscheck auf den Fuß gefallen."

"Ich kann einfach nicht verstehen, wie man nur jedes Wochenende Fußball gucken muss!" beklagt sich eine genervte Frau. "Na also", antwortet ihr Mann. "Wenn man von einer Sache nichts versteht, dann sollte man sich auch lieber raushalten."

Nach der dritten Niederlage in Folge fragt der Trainer seinen Star Stürmer: "Na, wann bekomme ich denn vor dir mal wieder etwas ordentliches zu sehen?" "Heute Abend!" erwidert der Stürmer. "Da präsentiere ich in einem Werbespott ein neues Aftershave."

Kurz vor dem Spiel an der Stadionkasse. "Zwei Plätze nebeneinander bitte." "Wir haben leider nur noch Stehplätze." "Gibt es denn noch zwei nebeneinander?"

Nach der deutlichen Niederlage spricht der Trainer zur Mannschaft: "Ihr solltet so spielen, wie Ihr noch nie gespielt habt. Nicht so, als ob Ihr noch nie gespielt habt. Das ist ein Unterschied!"

Eine Fee kommt in der Halbzeitpause zu einem Fußballfan: "Du hast zwei Wünsche frei" "Als erstes wünsche ich mir eine Flasche Bier die niemals leer wird", antwortet der Fan. Kurz darauf hält er eine Flasche Bier in den Händen setzt an und trinkt drei große Schlücke. Als er absetzt guckt er in die Flasche:"Hey cool. Die ist ja immer noch total voll. Ich wünsche mir noch so eine!"

Der Trainer ist gerade dabei die Mannschaftsaufstellung zu erstellen, da kommt der Neuzugang zu ihm. "Und wie lange darf ich dieses mal spielen?" "Eine Sekunde bitte..." "Ach da lohnt sich ja das Duschen hinterher gar nicht."

"Los Kalle, mach schnell den Fernseher an! Es spielt gerade Bayern gegen Dortmund" "Na und, das Spiel habe ich schon letztes Jahr gesehen."

Der Manager lobt den Stürmer: "Da Du letzte Saison Torschützenkönig geworden sind, haben wir uns entschieden dein Gehalt um ein Drittel zu erhöhen." Der Stürmer guckt grimmig: "Das ist mir zu wenig. Ich will mindestens ein Viertel haben!"

"Zeigen Sie mir bitte Ihren Pass", fordert der Zollbeamte Lukas Podolski bei der Einreise nach Istanbul auf. "Na klar, wenn Sie mir einen Ball geben!"

Der Pfarrer wundert sich, dass kaum jemand zu seiner Andacht gekommen ist. Da bemerkt er plötzlich, dass auch der Organist nicht da ist. "Aber wer spielt denn jetzt?" fragt er erschrocken den Messner. "Soweit ich weiß, Deutschland gegen Italien."

Nach dem Spiel sagt ein Fußballfan zum anderen: "Also in der zweiten Halbzeit waren unsere Jungs ja noch langsamer als in der Ersten." "Das stimmt, aber der Trainer soll sie in der Kabine auch ganz schön zur Schnecke gemacht haben."

Woran denken Männer beim Stichwort Romantik? An ein Fußballspiel bei Kerzenlicht!

Beide Trainer unterhalten sich vor dem Spiel. "Wir werden gewinnen. Wir haben klar die besseren Spieler" sagt der Eine. "Das schon" erwidert der andere grinsend. "Aber wir haben den Schiedsrichter!"

Ein Fußballjournalist wird gefragt was ihm an seinem Beruf am besten gefällt. Nachdem er kurz überlegt hat, antwortet er: "Man sagt am Freitag voraus, welche Mannschaft am Samstag gewinnt, um am Sonntag zu erklären, warum sie verloren hat."

Christiano Ronaldo sitzt beim Friseur. Alle paar Sekunden sagt der Friseur: "Ja ja, der Messi." "Was soll das?“ fragt Ronaldo genervt. "Sie wissen doch wer ich bin." "Ja aber beim Wort Messi sträuben sich Ihre Nackenhaare so schön!"

Ein Mann ruft beim Hotel der deutschen Nationalmannschaft an: "Ich möchte gerne Herrn Löw sprechen." "Tut mir leid, aber die deutsche Nationalmannschaft ist bereist aus dem Turnier ausgeschieden und abgereist." Kurze Zeit später ruft der gleiche Mann noch einmal beim Hotel an:“Ich möchte gerne Herrn Löw sprechen." "Die deutsche Nationalmannschaft ist bereits aus dem Turnier ausgeschieden und abgereist, können Sie das nicht kapieren?!" "Doch, aber ich höre es so gerne!"

Während der Pause geht ein Verkäufer durch die Reihen: "Heiße Würstchen, heiße Würstchen!" Antwortet ein Fan: "Es ist mir egal wie du heißt, Hauptsache du hast Bier da!"

Was macht ein VfL Fan nachdem Wolfsburg die Champions League gewonnen hat? Er schaltet erst mal die Playstation aus.

Warum fällt das Tor andauernd um, wenn Tim Wiese sich dagegen lehnt? Der klügere gibt nach.

Wer wird schon vor der Saison als neuer HSV Trainer gehandelt? Reinhold Messner, er soll schon mal alles für den Abstieg vorbereiten.

Der Stürmer wird nach einer enttäuschenden Vorstellung ausgewechselt. Nachdem er auf der Bank Platz genommen hat, sucht er einen Schuldigen:"Dem Schiedsrichter trete ich nach der Partie in den Hintern!" Darauf der Trainer:"Lass das lieber sein, den triffst du doch gar nicht."

Ein Talent aus der Jugendmannschaft verhandelt mit Uli Hoeneß: "Wie hoch wird mein Gehalt im ersten Jahr betragen?" Uli:"Na du kommst schon auf deine erste Million bei den Bayern. Später wird es dann noch mehr!" "Ok, dann komme ich später wieder!"

"Oh Mann, meine Frau will sich von mir trennen, wenn ich weiterhin jedes Wochenende in Stadion gehe", sagt ein Fan zum anderen. "Sie wird mir bestimmt sehr fehlen!"

„Wie heißt denn Ihr Hund?“, fragt der Fußballer den Schiedsrichter. „Aber wieso, ich habe doch gar keinen Hund!“ „Ach, das ist aber bedauerlich, blind und keinen Hund!“

"Mein Arzt hat mir geraten mit dem Fußballspielen aufzuhören." "Ach wie schade, hast du dich mal wieder untersuchen lassen?" "Nein, er hat mich spielen sehen!"

Lukas Podolski und Sebastian Schweinsteiger haben den Schlüssel im Auto vergessen. Sebastian versucht den Wagen mit einem Draht zu öffnen. Plötzlich Lukas:"Beeil dich besser, gleich fängt es an zu regnen und das Verdeck ist noch offen!"

Jürgen Klopp: "Ich habe meinen Spielern in der Pause gesagt: 'Wenn wir schon mal hier sind, können wir doch eigentlich auch mal ein bisschen Fußball spielen.'"

Der Trainer sitzt nervös auf der Bank und springt plötzlich auf: "Mensch, warum lasst ihr den Typen so frei zum Schuss kommen?" Ein Spieler guckt ungläubig zum Trainer: "Na weil, das ein Elfmeter ist!"

Leverkusen spielt gegen Werden Bremen. Nach 15 Minuten fährt ein Zug am Stadion vorbei und pfeift. Die Bremer denken das Spiel wurde abgepfiffen und gehen nach Hause. Eine halbe Stunde später schießt Leverkusen das erste Tor.

In der Halbzeitpause kommt der Manager zur Mannschaft in die Kabine:"Jungs, gute Nachrichten! In der kommenden Saison steigen wir bestimmt auf." "Wie sollen wir das denn schaffen?", erwidert die Mannschaft. "Ich kaufe elf neue Spieler!"

Was ist der Unterschied zwischen einem Bayern Profi und einem Bankräuber? Der Bankräuber ruft:"Geld her oder ich schieße!", der Bayern Profi:"Geld her oder ich schieße nicht!"

Der Sohn eines Fußballprofis kommt von der Schule nach Hause:"Gute Nachrichten Papa, mein Vertrag in der 3. Klasse wurde um ein Jahr verlängert!"

Pál Dárdai findet einen Flaschengeist. Der Geist: "Du hast einen Wunsch frei!" Pál Dárdai holt eine Skizze vom BER Flughafen heraus: "Ich wünsche mir, dass endlich der neue Berliner Flughafen eröffnet wird." "Das geht leider nicht, zu schwierig", erwidert der Geist. "Dann wünsche ich mir, dass Hertha BSC Berlin Deutscher Meister wird!" Der Geist guckt etwas skeptisch: "Kann ich die Skizze vom Flughafen noch mal sehen?"

Drei Fußballprofis sitzen im Flieger. Plötzlich kommt der Pilot zu Ihnen nach hinten:"Schlechte Nachrichten! Wir stürzen ab und es gibt nur drei Fallschirme. Da ich Frau und Kinder habe, nehme ich einen." Der Pilot nimmt einen Fallschirm und springt von Bord. Der erste Fußballer:"Ich bin der klügste und beste Fußballer der Welt, ich nehme auch einen." Er steht auf und springt ebenfalls von Bord. Darauf der zweite Fußballer zum dritten:"Ach, ich bin schon alt und du hast noch dein ganzes Leben vor dir. Nimm du ruhig den dritten Fallschirm." "Keine Panik", entgegnet der dritte Fußballer, "der klügste und beste Fußballer der Welt ist gerade mit einem Schlafsack abgesprungen!"

Der Musiklehrer bittet Fritzchen drei berühmte Deutsche zu nennen, deren Namen mit B beginnen. "Beckenbauer, Ballack, Bierhoff!" antwortet Fritzchen blitzschnell. Der Lehrer ist empört: "Noch nie etwas von Beethoven, Brahms und Bach gehört?" Fritzchen überlegt kurz:"Nein, in welcher Mannschaft spielen die?"

"Du bringst wirklich alle Qualitäten mit, die ein Fußballer braucht", sagt der Trainer zum Spieler, "bis auf zwei". "Vielen Dank", antwortet der Spieler stolz, "Aber was sind denn das für zwei Dinge, die mir noch fehlen?" "Zwei geeignete Füße!"

Der Stürmer humpelt auffällig vom Platz, nachdem seine Mannschaft haushoch verloren hat. Der Trainer kommt besorgt zu ihm: "Hast du dich etwa verletzt?" "Nein nein, mein Bein ist nur eingeschlafen."

In das Krankenzimmer von Herrn Merk wird ein neuer Patient geschoben. "Guten Tag, Schmidt, Dachdecker, Arbeitsunfall." "Hallo, Merk, Schiedsrichter, Elfmeter gepfiffen."

1. Auflage 2019

Cover: @lauria (fiverr.com)
Bild: depositphotos.com
Lektorat: Felix Liebig
Hrsg.: Patrick Buttler, Rennweg 15, 90489 Nürnberg

Printed in Poland
by Amazon Fulfillment
Poland Sp. z o.o., Wrocław

22369915R00029